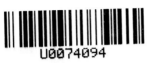

錢欣葆——著

合作分享

The Fable Of Pupils

小學生寓言故事

前言

六至十歲的兒童是閱讀的關鍵期，適合的閱讀有助於增長知識，拓寬視野，豐富想像力，並且提高判斷是非的能力。在這個階段培養孩子良好的閱讀興趣和閱讀習慣非常重要，讓孩子學會閱讀、喜愛閱讀，受益終身。

錢欣葆先生是當代著名寓言家，寓言構思巧妙、幽默有趣、耐人尋味。文章短小精悍，語言凝練，可讀可誦。生動有趣的故事中閃爍著智慧的光芒，蘊含著做人的道理。每篇寓言故事讓孩子感受不一樣的體驗、不一樣的樂趣，有不一樣的收穫。

《小學生寓言故事》有：誠實守信、勇敢機智、獨立思考、品德禮貌、謙虛好學、合作分享、溫馨親情、自立自強八冊。每篇寓言後面都有「故事啟示」，點明寓意，讓孩子更好地理解寓言中蘊含的深刻哲理。

這套寓言故事書，可用於家長和孩子的親子閱讀，有閱讀能力的孩子也可以獨自閱讀。美妙的文章中蘊含著人生大道理和大智慧，在輕鬆愉快的閱讀中，可以得到教育和啟迪，學到一些生活的智慧和做人的道理。

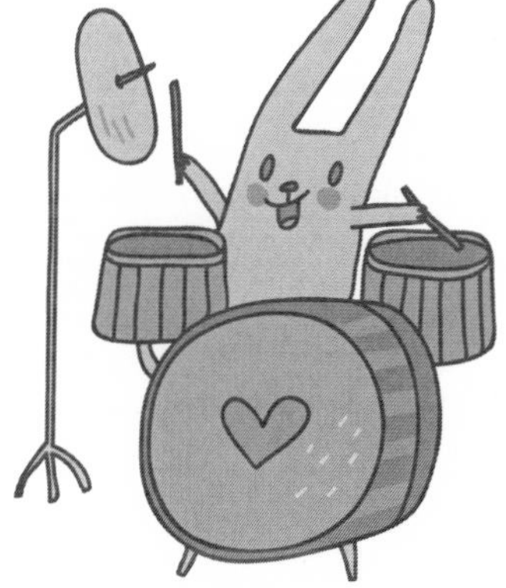

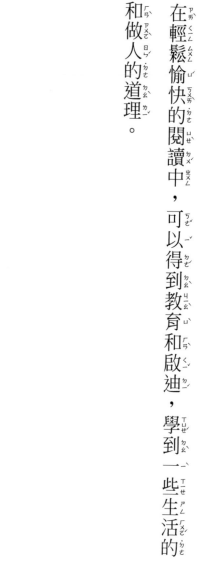

目次

Contents

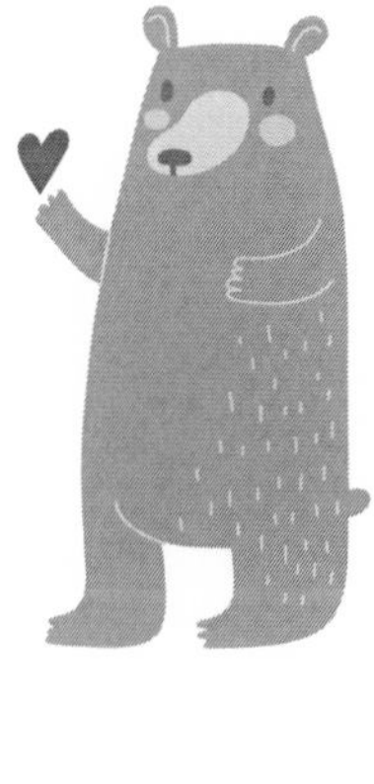

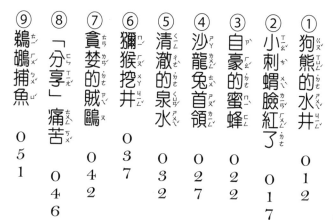

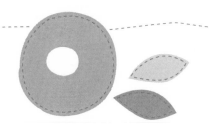

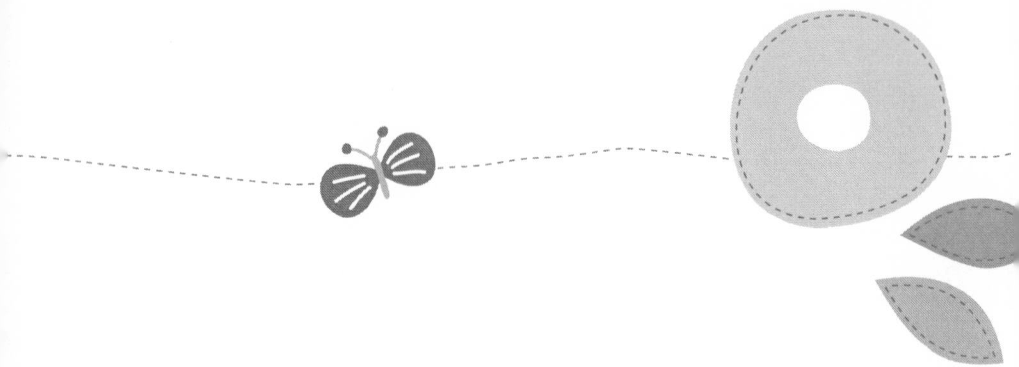

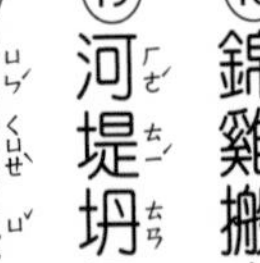

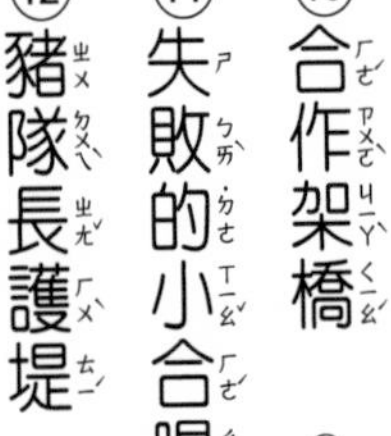

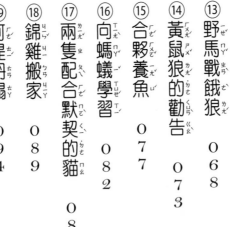

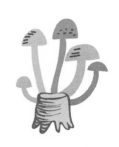

合作分享

分享是一種博愛的心境，學會分享，就學會了生活。人生的價值只能在良好的人際關係中實現，任何人都不能靠單打獨鬥取得成功。親密合作才能發揮自己才能，懂得奉獻和分享才能使別人和自己更快樂。

① 狗熊的水井

金絲猴和狗熊是鄰居，他們的家門口都有一口水井。井裏的水比池塘裏的水乾淨，而且冬暖夏涼，動物們都喜歡吊井水挑回家。

炎熱的夏天，紅日高掛，一連兩個月沒有下一滴雨，池塘裏的水沒有了。生活離不開水，去金絲猴和狗熊那裏吊井水的動物比往日多了許多。

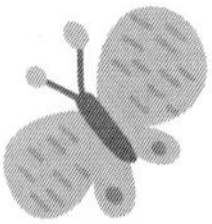

狗熊見來自己家吊井水的動物越來越多，不由得擔心起來。

他想：我的井水原來清澈甘甜，這樣整天吊桶進進出出，把井水弄渾、變味了怎麼了得？如果這樣下去，總有一天，水井中的水會用完，到時候自己用水怎麼辦？

狗熊在自己家的水井上加了一個蓋，在蓋上壓了一塊大石頭。

狗熊對前來吊井水的動物說：「我家水井已經變渾、變味了，不能再用，請你們去金絲猴家的水井吊水吧！我現在也只能到金絲猴的水井吊水用了。」

大家都擁到金絲猴家門口去吊井水，去的動物太多，他們只好在烈日下排隊。金絲猴一邊熱情地和大家招呼，一邊幫助力氣小的動物吊井水，累得滿頭大汗。每到傍晚，金絲猴的水井中水位很低，第二早晨水又恢復到了原來的位置，水還是那樣清澈甘甜。金絲猴在大樹下放了一些凳子、扇子，讓等候吊水的動物們在那裏休息，大家都誇獎他呢！

時間過得飛快，轉眼秋天已經來臨。狗熊搬去井蓋上的石頭打開井蓋，一群蚊子「嗡嗡嗡嗡」從井中飛出來，在他臉上亂撞。狗熊低頭向水井中張望，只見水面上漂浮著許多青苔和汙物。他吊起一桶井水，只見渾濁的水中有小蟲在游動，一股難聞的氣味衝向他的鼻子。狗熊自言自語地說：「當初我說井水變渾、變味是騙他們的，怎麼現在真的就變渾、變味還出蟲子了呢？」

金絲猴對狗熊說：「水井裏的水不斷地用掉，地層裏的新鮮水就會不斷地補充進去。你的水井長期不用，老是那麼些水積在裏面，當然就變渾、變味、出蟲子啦！」

狗熊呆呆地看著冒著臭氣的水井，十分後悔。

故事啟示

樂於助人者慷慨地付出勞動和金錢幫助別人，自私自利者憐惜自己擁有的一切不肯付出。自私、小氣的人被大家瞧不起，要懂得與人分享。

② 小刺蝟臉紅了

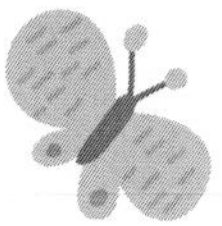

小熊、小猴和小刺蝟在一塊玩。突然，他們發現草叢中有一個甜瓜。

小熊說：「這甜瓜是野生的，我們分著吃。」

小刺蝟用尖尖的鼻子聞了一下香噴噴的甜瓜，說：「我最先發現甜瓜，應該屬於我，沒有你們的份。」

小猴不服氣地說：「明明是大家一起發現的，你怎麼好獨佔呢？」

小刺蝟支支吾吾答不上話來，把身子蜷成一個圓圓的刺球，「骨碌碌」滾了起來。一會兒滾向小熊，一會兒滾向小猴。小熊和小猴見小刺蝟這樣不講理，就氣呼呼地走開了。

小刺蝟看著金黃色的甜瓜，得意地笑了。他把背上的尖刺扎進甜瓜，背著它興沖沖地向家裏走去。突然，樹叢裏躥出一隻黃鼠狼，向小刺蝟撲了過去。小刺蝟急忙放下甜瓜，把身體蜷成刺球，向黃鼠狼滾過去。黃鼠狼跳到一旁，用臀部對著刺蝟，「叭——」

放出一股臭氣。小刺蝟聞到這種奇特的臭味，頓時昏了過去，身子軟綿綿地癱在地上。

黃鼠狼用腳按住小刺蝟沒有刺的腹部，冷笑一聲，說：「我肚子餓得咕咕叫，現在就把你當點心吃了！」

小刺蝟四肢無力，一點反抗的力氣也沒有。黃鼠狼正想用尖利的牙齒撕開小刺蝟腹部，準備美餐一頓。小熊、小猴見情況危急，一邊大聲叫喊，一邊猛衝過來，把黃鼠狼趕跑了。

小刺蝟見小熊、小猴救了自己，紅著臉說：「如果沒有你們，我就沒有命了。感謝你們的救命之恩。剛才我獨佔甜瓜，還欺侮你們，這是我的不對，請你們原諒。」

小刺蝟和小熊、小猴一起，愉快地分享香甜的甜瓜。

故事啟示

與別人分享自己的快樂，讓大家感受到美好與快樂，那麼自己就會得到更多的快樂。分享是一種博愛的心境，學會分享，就學會了生活。

③自豪的蜜蜂

豔陽高照，微風吹拂。田野裏的油菜花同時開放，一片金黃，美極了。一群蜜蜂在花叢中飛來飛去，忙碌地採花蜜。

兩隻蟋蟀在菜花地裏為爭一小塊美食展開了大搏鬥，幾個回合下來，大個子蟋蟀終於打敗了小個子蟋蟀。

大個子蟋蟀津津有味地吃完美食，看了一眼一隻離他最近的蜜蜂，說：「剛才的事情你看到了吧，為了生存就要毫不留情！」

蜜蜂對蟋蟀說：「為了一小塊美食你就和同伴大打出手，太自私了！」

蟋蟀聽了蜜蜂的話，冷冷地說：「你工蜂是蜜蜂中的苦力，專門做苦活累活，生命最長也只有兩三個月。你有什麼資格教訓我？」

蜜蜂說：「我們工蜂的工作很累，生命也確實只有短短兩三個月。我們除了採集花蜜，還要哺飼蜂王和幼蟲、建造蜂房、清潔家園、執勤守衛。我覺得生活在大家庭裏就應該勤奮工作，默默奉獻，直到生命最後一刻。」

蟋蟀說：「你們工蜂一生都在為集體拚命勞動，但是蜂王和雄蜂卻在家裏舒舒服服享受你們的勞動成果，這太不公平了啊！」

蜜蜂說：「蜂王和雄蜂也有他們的重要任務，我們分工不同，都在努力發揮著各自的本領，同時盡情享受著工作和生活的樂趣。我們格外熱愛集體，因為我們知道一旦脫離集體，將一事無成，隨時都會丟掉生命。我們知道集體生活不能爾虞我詐、勾心鬥角。」

蟋蟀說：「你太苦太累太吃虧了，卻還滿不在乎，真是既可憐又可悲！」

蜜蜂對蟋蟀說：「我們蜜蜂大家庭有成千上萬成員組成，只有相互理解，精誠團結，才能生活得幸福、和諧。我作為這個團結和諧集體的一員，絲毫沒有感到可憐和可悲，我感到十分自豪和驕傲！你蟋蟀非但不講團結協作，還為一點私利就窩裏鬥。你心胸狹窄，自私自利，才是既可憐又可悲啊！」

故事啟示

人生的價值只能在良好的人際關係中實現，任何人都不能靠單打獨鬥取得成功。親密合作才能發揮自己才能，懂得奉獻和分享才能使別人和自己更快樂。

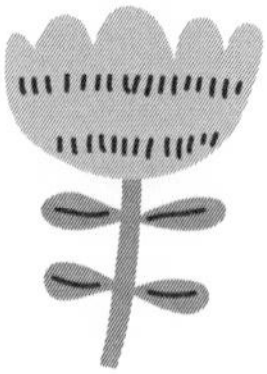

④沙龍兔首領

南非沙漠十分乾旱，很少下大雨。雨水落在沙漠上，水就滲入沙子中不見蹤影，只有少數低窪的地方可以見到一些淺淺的積水。

沙龍兔們好久沒有喝到水了，大家都口渴難忍。沙龍兔首領知道如果再長時間沒有水喝，大家都得死亡。尋找水源是當務之急，沙龍兔首領決定親自外出尋找水源，然後通知大家共同分享。

沙龍兔首領告別大家，一連跑了三天三夜才在一處低窪處找到一個淺水潭，環境也很安全。他十分高興，喝了兩口水就匆匆踏上了歸途，奔跑了三天三夜把好消息帶給了大家。沙龍兔首領知道，如果時間被耽擱，淺水潭的水就要被烈日蒸發掉，他連洞都沒有進就帶領幾十隻沙龍兔一起向淺水潭方向奔跑。

沙龍兔首領帶領大家日夜兼程，經過三天三夜的長途跋涉終於來到了淺水潭邊。沙龍兔們興高采烈地衝過去，盡情地喝著甘甜的水。沙龍兔們喝足了水，覺得十分舒暢，大家在一起高興地聊天。

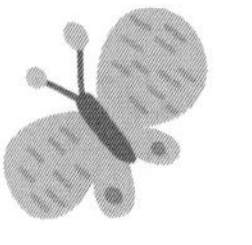

一隻年輕的沙龍兔發現首領閉著雙眼躺在沙地上一動也不動，急忙走過去說：「你為了大家的生存，來回趕了很多路，一定累壞了吧？」

奄奄一息的首領睜開眼睛，對年輕的沙龍兔說：「我來回奔波這麼多天，耗盡體力，心臟衰竭，已經不行了。以後由你擔任首領，一定要盡力做好啊。」

沙龍兔們都圍上來看望即將死亡的首領，他們的表情都十分哀傷。

首領微微露出笑容，平靜地對大家說：「大家都不要傷心，我做了作為首領應該做的，死也感到欣慰了。我們沙龍兔所以能夠在環境惡劣的沙漠中一代又一代繁衍至今，全靠合作、分享和獻身精神啊！」

故事啟示

團結合作是戰勝任何困難的法寶，在嚴酷的環境中，團結合作尤其重要。學會奉獻，讓別人更快樂；懂得分享，使自己更快樂。

5 清澈的泉水

小溪邊有一個美麗的動物村，動物們在小溪邊喝水，在小溪中洗澡，生活得自由自在。

一連三個月沒有下雨了，小溪裏的水越來越少，後來連一點水也沒有了。動物們十分著急，在一起商量如何渡過困難時期。

大象說：「我在山上找到一個不大的泉眼，清澈的泉水不停向外流，如果我們把泉水引進村子，可以解決大家的飲水問題。」

在大象的帶領下，大家齊心協力開挖水渠，把泉水引進了村裏。泉水雖然不多，但是解了燃眉之急，大家都很高興。

過了些日子，大象發現水渠中沒有了水，覺得十分奇怪。大象順著水渠向上檢查，發現獼猴在水渠上架了一根管子，用管子中流出的水在洗澡。

大象生氣地對獼猴說：「怪不得後面的水渠中沒有水，原來是你把水浪費了。」

獼猴委屈地說：「我只是用泉水洗澡而已，有什麼大驚小怪的。狗熊把許多泉水引到他挖的水潭中去了，你為什麼不說他呢？」

大象和獼猴來到狗熊家門口，只見狗熊在水潭中洗澡，生氣地說：「怪不得後面的水渠中沒有水，原來是你把水渠中的水引到了你自己的水潭中了。你浪費這麼多的水，太不應該啊！」

狗熊委屈地說：「我只是將泉水引到水潭中洗澡，有什麼大驚小怪的？狐狸把許多泉水引到他建的游泳池中，你為什麼不說他呢？」

大象和獼猴、狗熊來到狐狸家門口，只見狐狸在游泳池中游泳，憤怒地說：「怪不得後面的水渠中沒有水，原來是你把水渠中的水引到游泳池中了！」

狐狸振振有詞地說：「我也參加了開挖水渠，我有權利使用啊！」

大象看了一眼狐狸、獼猴和大象，說：「當你們盡情揮霍泉水的時候，你們可曾想到，許多參加過開挖水渠的夥伴連喝一口水的權利也沒有了啊！」

故事啟示

水是寶貴的，浪費水無異於犯罪。水是生命之源，誰也沒有理由拒絕節約用水。在缺水的情況下尤其要懂得節約和分享。

⑥ 獼猴挖井

火紅的太陽高高掛在天空，大地簡直快要被烤焦了。一連三個月沒有下雨，村邊池塘裏的水越來越少了。

獼猴想，光著急沒有用，還是挖一口水井解燃眉之急。他從家裏拿出工具，在大樹旁邊開始掘土挖井。

狗熊冷冷地對獼猴說：「你這麼瘦弱，居然想挖井，真是癡心妄想，不自量力！」

狐狸看了一眼忙著挖井的獼猴，譏笑道：「你這麼努力挖井，圖什麼呢？是想出風頭吧？」

獼猴不理睬狗熊和狐狸，繼續用鐵鏟掘土。大象看到獼猴在忙碌地挖水井，急忙走了過去。大象什麼也沒有說，就用長鼻子往下伸去，把裝滿泥土的竹筐拉上來。有了大象的配合，獼猴挖井的進度快多了。

狗熊和狐狸在大樹下睡了一覺醒來，感到十分口渴，急匆匆去池塘邊喝水。來到池塘邊，他們才發現池塘裏剩餘的一點水早已被別的動物喝光了。半天沒有喝到水，狗熊和狐狸感到嗓子裏快要冒煙了，急得像熱鍋上螞蟻。

獼猴和大象挖的井中冒出了清澈的水，他們用吊桶吊起來喝了一口，覺得格外清涼甘甜。獼猴見小鹿、灰兔、松鼠走過，招呼他們都來喝井水解渴。狗熊和狐狸躲在大樹後邊偷偷向水井邊張望，他們很想也能喝上一口井水解渴，可是又不好意思走過去。

獼猴早就看出了狗熊和狐狸的心思，於是大聲對他們說：「別不好意思了，快過來喝井水吧！」

狗熊和狐狸聽獼猴這麼一說，急忙從大樹後跳出來，飛一般來到水井邊。他們接過獼猴遞過來的水桶，搶著「咕咚、咕咚」喝了起來。

狗熊和狐狸喝完水，對獼猴說：「水真好喝，謝謝！」

獼猴對狗熊和狐狸說：「要謝，應該謝大象。我沒有他的幫忙，不可能這麼快就將水井挖成啊！」

狗熊和狐狸你看看我、我看看你，慚愧地低下了頭。

故事啟示

有些人在別人需要幫助的時候非但不幫助，還譏笑、挖苦；當別人取得成功時，他們卻都盼望分享別人的成果。

7 貪婪的賊鷗

南極洲有一種全身披著漂亮羽毛的鳥，可是生性貪婪兇殘，常偷盜人家捕獲的魚，還為了食物自相廝殺。所以，這種鳥得了一個極不體面的名字，叫做「賊鷗」。

一天，一隻年老的海豹倒在冰面上，死了。一群在天空中飛翔的賊鷗看到了剛剛死亡的海豹，爭先恐後地俯衝下去。海豹的身

體還有微微餘溫，賊鷗們饞得幾乎要發瘋，誰也不甘心讓誰先啄一口。他們都想獨自佔有海豹，一場混戰爆發了。

一場激烈戰鬥打了半天才結束，賊鷗們個個都打得頭破血流，傷痕累累。有的賊鷗帶著滿心仇恨，倉惶逃離；有的賊鷗悲哀地倒在冰面上，奄奄一息。勝利者是一隻最貪婪、最兇悍的賊鷗。他渾身是傷，卻露出得意的笑容，終於可以獨佔海豹這份能夠吃上好長時間的食物了。

可是，海豹肉在極其寒冷的氣溫下已經凍得和石頭一樣堅硬。任憑賊鷗用銳利的嘴拚命啄，也休想叼起一點皮肉。賊鷗啄著、跳著、咆哮著，竟然什麼也沒有得到。

賊鷗想，如果他們發現了還有餘溫的海豹時不相互爭搶，那麼大家都可以得到一份可口美味的食物。如今，大家都受了傷，冰面上留下了許多鮮血和羽毛，可是誰也沒能夠吃到一丁點海豹肉。

故事啟示

一個不懂得與人分享的人，永遠也不會得到真正的快樂。與人分享是一件快樂的事情，可以傳遞出自己內心深處的善良。貪得無厭，勾心鬥角，能有什麼好結果呢？

⑧「分享」痛苦

美麗的大森林裏，有一條潺潺流淌的小溪。小溪邊的村子裏住著棕熊、金絲猴、梅花鹿、松鼠等動物居民，大家互敬互愛，其樂融融。

棕熊是有名的摔跤運動員，多次參加森林動物摔跤賽都獲得金牌。每次獲獎回來，棕熊總要拿出獎牌給鄰居們欣賞。他還給大家

帶回一些禮品，與大家分享勝利的喜悅。鄰居們都以棕熊為榮，衷心祝賀他。

棕熊又要去參加森林動物摔跤大獎賽了，鄰居們送了一陣又一陣，祝願他一舉奪取大獎賽金牌。

轉眼兩天過去了，棕熊垂頭喪氣地回來了，見了鄰居也不搭理。

金絲猴見棕熊心事重重，悶悶不樂，猜想比賽成績一定不理想，勸慰說：「沒有獲得金牌，獲得銀牌也不容易啊！」

棕熊歎了一口氣，微微搖了搖頭，不說話。

梅花鹿看著棕熊痛苦的神情，知道沒有獲得銀牌，勸慰道：「沒有獲得銀牌，獲得銅牌也不容易啊！」

棕熊又歎了一口氣，微微搖了搖頭，不說話。

松鼠看著棕熊痛苦的神情，知道沒有獲得銅牌，勸慰道：「沒有獲得銅牌，獲得名次也好。重在參與啊！」

棕熊再歎一口氣，還是微微搖了搖頭，不說話。

金絲猴看著痛苦的棕熊，一邊遞上一杯水，一邊語重心長地說：「過去，我們分享了你許多成功的快樂，我們都為你高興。看你現在內心痛苦的樣子，我們也很難過。我們以往既然能夠分享你的成功喜悅，現在也可以分享你的失利痛苦。你把痛苦悶在心裏不好，還是講出來或許會好一些。」

棕熊喝了一口水，說：「我與灰熊的初賽中，狐狸裁判多次莫名其妙判我犯規。我與裁判多次交涉都沒有結果，情緒很激動。狐狸惱羞成怒，取消我的比賽資格。我向大獎賽組委會提交申訴，也沒能恢復參賽。這次比賽我真是倒楣！」

棕熊講出了心中的鬱悶，在大家的勸慰下，感到心情好多了。

故事啟示

如果你把快樂告訴朋友，將得到很多快樂；如果你把痛苦向朋友傾訴，你的痛苦將被大家分擔。

9 鵜鶘捕魚

鵜鶘的嘴巴特別長，下面還有寬大的皮膜，形成一個兜。這是鵜鶘天生的捕魚工具，是隨身攜帶的「網兜」。鵜鶘都成群結隊聯合行動，採用包圍捕魚的方式，讓魚兒無處逃竄。

一天，一群鵜鶘從天而降，在近岸的水面上布成一個半圓形的包圍圈。他們一邊用翅膀「撲通、撲通」不停地拍打水面，一邊包

抄上去。包圍圈越來越小，魚兒們被趕在淺水裏亂蹦亂跳。鵜鶘們很方便地把魚捕進自己的「網兜」裏，然後美餐一頓。

一隻年輕鵜鶘覺得集體行動缺乏自由，決定單獨行動。離開了集體的年輕鵜鶘覺得自由自在，再也沒有誰催促他馬上出發了。他在湖邊的草地上悠閒地散步，還唱起了歡樂的歌。年輕鵜鶘玩了一會，覺得肚子餓了，就來到湖中捕魚。他用翅膀「撲通、撲通」不停地拍打水面，想把魚兒趕到淺水裏後再捕捉，哪裏知道魚兒們早就向兩邊游走了。年輕鵜鶘費了很大的勁，連一條小魚也沒有捕捉到，無可奈何地連聲歎氣。

年輕鵜鶘找到了自己原來的夥伴們，對老鵜鶘說：「我原以為憑自己的力量完全可以單獨生存，沒有想到我一條魚也捕捉不到。我錯了，我不該埋怨集體生活缺乏自由，不該離開集體。」

老鵜鶘對年輕鵜鶘說：「一個集體要有戰鬥力，每一個成員都要有團結協作精神。大家步調一致、相互配合、全力以赴才能大獲全勝啊！」

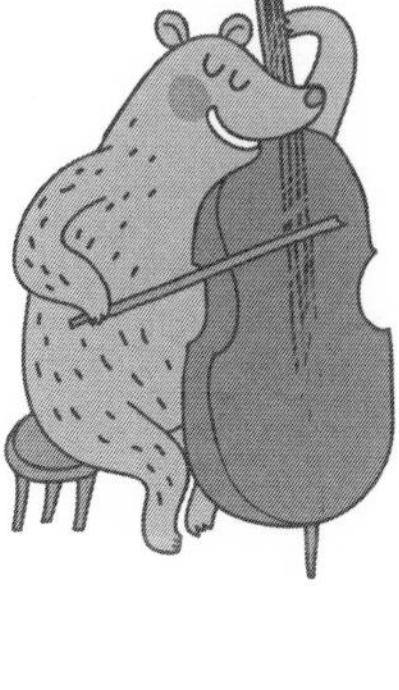

故事啟示

只有具有無私坦蕩的胸懷和彼此之間的信任，才能有真正的精誠團結，才能生活得幸福、和諧。

⑩合作架橋

棕熊、獼猴、狐狸是鄰居，他們自己建造的木房子各有特色，十分漂亮。房子前面有一條彎彎的小河，桃紅柳綠，十分美麗。

小河上沒有橋，要過河很不方便。一天，棕熊、獼猴、狐狸聚在小河邊，商量在河上架木橋的事。

棕熊說：「我們都是很能幹的，自己建的房子都很出色，聯合起來一定會架起一座既牢固又漂亮的小木橋。」

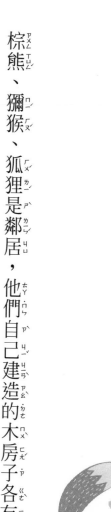

獼猴說：「棕熊力氣大，狐狸聰明，我善於攀爬，我們聯合起來架橋，一定很快就能夠順利完工。」

狐狸想了想，說：「我們自己建房子時都有不少剩餘木料，各自把剩餘的木料拿出來，建造小木橋足夠了。」

棕熊家後院有一堆剩餘的木料，他想：自己應該把好木料留下，準備在後院建一座小涼亭。反正獼猴、狐狸剩餘的木料很多，我少拿一點出去也無所謂。

獼猴家後院也有一堆剩餘的木料，他想：自己應該把好木料留下，準備在後院架一個鞦韆架子。反正棕熊、狐狸剩餘的木料很多，我少拿一點出去也無所謂。

狐狸看著後院的一堆木料，心想：自己應該把好木料留下，準備在後院建一間堆放雜物的小木房。反正棕熊、獼猴剩餘的木料很多，我少拿一點出去也無所謂。

棕熊、獼猴、狐狸都搬了一些木料來到河邊，但全部加起來才一小堆。準備用來做橋樑的圓木料又細又彎曲，準備用來鋪設橋面的木板又窄又薄。架橋開始後，大家都搶省力的工作做。棕熊說自己身體胖、不靈活，讓獼猴和狐狸去架橋樑；獼猴說自己個子小、力氣小，讓棕熊和狐狸去架橋樑；狐狸說自己力氣小又不會攀爬，讓棕熊和獼猴去架橋樑。沒有辦法，他們只能一起去架設橋樑。

太陽快下山的時候，一條歪歪扭扭的小木橋終於建成了，棕熊、獼猴、狐狸爭先恐後走上了小木橋。他們走到小木橋中央的時候，突然「啪——啪——」兩聲，橋樑斷裂，一起掉進了河中。

棕熊、獼猴、狐狸爬上了岸，看著被河水沖走的小木橋，連聲歎氣，互相埋怨……

故事啟示

有時候合作需要犧牲一些個人利益，同心協力才能辦成一件事情。如果大家都設法儘量保全自己的利益，希望合作方做出犧牲，那麼這樣的合作不會成功。

⑪失敗的小合唱

一棵翠綠色的大樹下，聚集了許多動物。小貓、小狗、小鴨站在樹下的一塊大石頭上，為大夥表演小合唱。

小貓一邊唱一邊想：如果自己不唱響亮一些，就不能顯示自己歌喉的清脆好聽。他提高嗓門，一個勁高唱：「喵——喵——」

小狗見小貓的聲調越來越高，壓住了自己的歌聲。他也提高嗓門，拚命地唱：「汪——汪——」

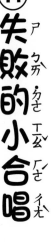

小鴨想，他們都越唱越響，如果自己不大聲唱，聽眾一定會以為我是濫竽充數呢！還是唱響一點，顯示自己的出色的歌喉。他伸長脖，大叫起來：「嘎——嘎——」

小合唱越來越難聽了，聽眾實在受不了，一個一個都走了。

小貓、小狗、小鴨停止了小合唱，問正準備要離開的熊貓：「我們唱得這麼賣力，為什麼大家都不願意聽呢？」

熊貓說：「你們確實都很賣力，但都想表現自己，想出風頭。只有精誠團結，配合默契才能演唱好小合唱啊！」

故事啟示

要想合作成功，必須要拋棄個人的私心雜念。只有真誠合作，才能分享成功的喜悅！

⑫ 豬隊長護堤

一連下了十多天大雨，山洪暴發，河水猛漲。洶湧的河水不停地沖擊著河堤，河堤出現了險情。白豬自告奮勇擔任抗洪搶險隊隊長，在村頭敲鐘招收抗洪搶險隊隊員。

山羊對豬隊長說：「我以前擔任過抗洪搶險隊隊長，曾經和大家一起成功排除險情，獲得抗洪搶險的勝利。我報名參加抗洪搶險隊！」

豬隊長想：山羊聰明能幹，德高望重，很有威望。如果讓他去了，大家都聽他的話，那自己這個隊長不就成了光桿司令？

豬隊長對山羊說：「你就別參加抗洪搶險隊了，留守村子加強巡邏，防止小偷盜竊。」

水牛對豬隊長說：「我力氣大，可以搬運抗洪搶險用的石塊、木樁、木板；我水性好，必要時可以跳入急流中打樁護堤。我報名參加抗洪搶險隊！」

豬隊長想：水牛脾氣暴躁，如果讓他去了，發起牛脾氣來我指揮不了他，豈不讓我這個隊長下不了臺？

於是，豬隊長對水牛說：「你就別參加抗洪搶險隊了，留守村子加強除害滅鼠工作，防止老鼠偷盜糧食。」

豬隊長把黑狗、花貓、小綿羊、小驢招收進了抗洪搶險突擊隊，帶上工具就來到了河堤上。豬隊長指揮大家把石塊運到哪裏，大家就運到哪裏。豬隊長讓大家怎麼做，大家就怎麼做。豬隊長見隊員都服從命令聽指揮，很高興。

豬隊長發現河堤上有一個杯口大的孔在不停地冒水，就叫隊員趕快搬運石塊拋進河中，希望堵塞進水口。可是搬運來的石塊很小，數量又少，拋入河中後很快被激流沖走了。豬隊長要隊員趕快搬運大石頭來，隊員們都說力氣小，搬不動大石頭。豬隊長問隊員怎樣才能儘快堵塞漏洞，隊員都搖搖頭說不知道。豬隊長突然想到，讓隊員下水打木樁，用木板擋住漏洞的進水口。

黑狗、花貓、小綿羊、小驢都說水性不好，跳進激流中命都難保，哪裏還有能力去打木樁？

河堤上的漏洞越來越大，一會河堤終於坍塌，洪水像脫韁的野馬一樣飛快沖向村莊和田野。

故事啟示

有些人願意和比自己能力弱的人團結合作，卻不願意和那些能力比自己力強的人團結合作。要團結合作，如果沒有廣闊的胸懷和大公無私的精神是不行的！

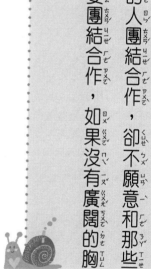

⑬ 野馬戰餓狼

野馬個子不大，但十分壯實，奔跑時就像飛一樣快。野馬見地上有鮮嫩的青草，就停住腳步，津津有味地吃了起來。

一隻饑餓的大灰狼發現了正在吃草的野馬，就從樹叢後面走了出來。

大灰狼來到野馬前面，氣勢洶洶地說：「這青草是我的，你竟敢偷吃我的草！」

野馬知道大灰狼是在無理取鬧，不理睬他。大灰狼見野馬沒有說話，心想，野馬一定很懦弱，膽小怕事。

大灰狼於是大聲說：「你這膽小鬼，見了我連一句話也不敢說。」

野馬看了一眼張牙舞爪的大灰狼，轉身繼續吃草。大灰狼見野馬對自己的挑釁毫無反應，樂得手舞足蹈。他想，野馬肯定既膽小又無能，很好對付。殺了他，可以吃上好多天呢！

大灰狼向野馬撲過去，想用尖利的牙齒在野馬脖子上撕咬開一個窟窿，讓野馬很快流血死亡。野馬早就有防備，迅速轉身把臀部對準了大灰狼，用腳飛快地向撲過來的大灰狼猛踢。「啪——」一聲，堅硬的蹄子踢在大灰狼的腦袋上。大灰狼沒有想到野馬有這一招，倒在地上疼得哇哇直叫。

野馬對大灰狼說：「剛才我不理你，是因為覺得和你這樣心懷叵測、蠻不講理的傢伙沒有什麼理可講。你卻以為我膽小怕事，得寸進尺。你要想吃我的肉，真是癡心妄想！」

大灰狼慢慢站起來，大聲嗥叫起來。一會，十隻灰狼飛奔過來，把野馬團團圍住。

大灰狼見來了這麼多夥伴，又神氣活現起來，冷笑一聲，對野馬說：「你看我們狼群的力量多麼強大，今天你死定了！」

野馬對著天空大聲嘶叫，一會，幾十匹野馬從四面八方飛奔過來，把狼群圍得水泄不通。

野馬對大灰狼說：「我們野馬不但有堅硬的蹄作為防衛武器，而且還有一呼百應的團結協作傳統呢！」

故事啟示

團結一致，重拳出擊，才能打敗囂張的敵人。有些人常常把別人的寬容忍讓看作懦弱好欺，把自己的無法無天當作勇敢無畏。這種人沒有什麼好結果。

⑭黃鼠狼的勸告

傍晚，五隻鷓鴣擠在草叢中睡覺，他們尾巴對著尾巴圍成一個圓，頭都朝向外。這樣，無論危險來自哪個方向，他們都能及時地發現。

黃鼠狼從樹叢後面鑽出來，鬼鬼祟祟地向鷓鴣睡覺的地方張望。一隻鷓鴣發現了黃鼠狼，大叫一聲，向同伴們發出警報。鷓鴣們一起發出憤怒的「咕咕咕」聲，警告黃鼠狼不要輕舉妄動。

黃鼠狼裝出笑容可掬的樣子，說：「千萬別誤會，我是專門捕捉老鼠的黃鼠狼，絕對不會傷害你們的。」

一隻鷓鴣看了一眼流著口水的黃鼠狼，說：「既然你說絕對不會傷害我們，那就趕快離開。如果你想傷害我們，我們就一起和你搏鬥，啄爛你的嘴巴，啄瞎你的眼睛！」

黃鼠狼想了想，煞有介事地說：「目前正在評選『最團結動物集體獎』，你們睡覺的時候總是頭朝向外面，好像鬧了矛盾，在相互賭氣。如果你們睡覺時尾巴對外，頭都朝向圓圈中心，大家都會覺得你們十分團結和諧。你們只要改變一下睡覺姿勢，肯定能夠評選上！」

鷓鴣說：「我們歷來從反面來理解居心叵測者的勸告，如果我們聽了你的勸告，你就很容易偷偷接近我們，發起突然襲擊了。我們睡覺時圍成一個圓圈，頭朝向外面是為了防止壞蛋偷襲，這正是我們團結一致、分工協作的表現啊！」

黃鼠狼見自己的詭計被鷓鴣識破，垂頭喪氣地走了。

故事啟示

弱者只要發揮集體的智慧和力量，精誠團結，同仇敵愾，就能夠戰勝強敵。如果在危險來臨之時，四分五裂，各自逃命，那麼敵人就有機可趁，陰謀就會得逞。

⑮ 合夥養魚

花貓和黃狗合夥在池塘裏放養了許多魚苗，經過精心管理，魚越長越大了。為了防備偷魚賊到池塘中偷魚，他們在池塘邊搭建了一間看魚棚，輪番值班。

這天輪到花貓值班，他拿出釣魚竿在池塘邊釣魚。一會，花貓就釣到了一條鯉魚。花貓把鯉魚吃了，把魚骨埋在泥土裏。

黃狗來接班時發現了釣魚竿，對花貓說：「你怎麼帶著釣魚竿值班，是不是瞞著我偷偷釣魚吃了？」

花貓笑著說：「池塘裏的魚是我們合夥養的，我怎麼會獨自偷吃呢？在這裏值班悶得慌，我釣魚玩玩，釣到了魚仍然放回池塘中的。」

黃狗想了想對花貓說：「那你走吧，把釣魚竿留在這裏，我也要釣魚玩玩。」

花貓走了以後，黃狗就開始釣魚，一會就釣到了兩條鯉魚。黃狗想：花貓肯定偷吃鯉魚了，我不吃白不吃。黃狗把鯉魚吃了，把魚骨埋在泥土裏。

花貓來接班時，指著地上星星點點的魚鱗對黃狗說：「地上怎麼有魚鱗，你是不是瞞著我偷偷釣魚吃了？」

黃狗笑著說：「池塘裏的魚是我們合夥養的，我怎麼會獨自偷吃呢？剛才我急著把釣到的鯉魚放回池塘，不小心弄掉了一點魚鱗。」

就這樣，花貓和黃狗輪到值班就釣魚吃，吃上了癮。他們還把釣到的魚送給自己的好友吃。

春去秋來，時間飛快地過去了，該是賣魚的時候了。花貓和黃狗特地買了十只大筐準備放魚，哪知他們用大魚網在池塘裏捕了半天，只捕到半筐魚。

花貓撓著耳朵說：「我們放那麼多鯉魚，怎麼就捕到這麼幾條呢？」

黃狗說：「我們一直輪番看守，又沒有發現偷魚賊，鯉魚到哪裏去了呢？」

在一邊挖排水溝的水牛指著挖出的一堆魚骨，對花貓和黃狗說：「魚到哪裏去了，你們最清楚。你們天天釣魚，池塘中的魚自然越來越少啊！」

故事啟示

與人合作需要去除私心雜念，不能光為自己打小算盤。合作先要同心，齊心協力才能辦好事情。缺乏誠信的合作必然失敗。

16 向螞蟻學習

花狗和黑狗一起趴在大樹下，聚精會神地看一隻螞蟻在四處尋找食物。

螞蟻在地上發現了一小塊麵包，十分高興地回洞中向夥伴們報告去了。

一會，花狗和黑狗看見發現麵包的螞蟻領著一群螞蟻回來，把麵包分成小塊，齊心協力抬回了洞中。

花狗對黑狗說：「發現麵包的那隻螞蟻，照例可以先飽餐一頓再去通知夥伴們來抬，可是他只聞了聞味道，一口也沒有吃。螞蟻之所以能這麼團結，全因為沒有一點貪欲啊！」

黑狗深有感觸地說：「那些抬麵包的螞蟻很辛苦，各自先飽餐一頓再抬也是理所應當的。可是他們誰也沒有吃一口，而是原封不動地抬回去與大家共享。螞蟻的這種大公無私精神值得我們學習！」

花狗說：「螞蟻在沒有誰監督的情況下能自覺遵守紀律，不偷吃，很了不起。如果我們狗也能像螞蟻這樣團結、無私就好了！我們要嚴格要求自己，從自己做起。」

黑狗說：「你說得對，我們要從自己做起，從現在做起！」

這時，不知誰扔過來一根肉骨頭，花狗和黑狗同時撲了過去，彼此爭搶起來……

故事啟示

嘴上說得好聽，本質卻沒有改變，抵擋不了利益的誘惑，哪裏會有真正的精誠合作呢？

⑰ 兩隻配合默契的貓

主人在街上買了一隻白貓和一隻黑貓，讓他們對付家中的老鼠。

白貓和黑貓同心協力，配合默契，第一天就捕捉到兩隻老鼠。剩下的老鼠躲在洞中不敢出來，聚在一起討論如何對付白貓和黑貓。

一隻老鼠歎了口氣，說：「這兩隻貓很注意互相配合行動，他們分別潛伏在兩處，等我們一出現就從兩面迅速夾擊上來，很難逃脫啊！」

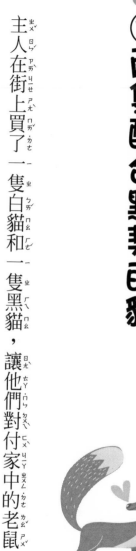

另一隻老鼠說：「與其在洞中活活餓死，還不如一起衝出去，和這兩隻該死的貓拚了！」

一隻狡猾的大老鼠說：「硬拚肯定不行，我們不是他們的對手。我已經想出對付他們的妙計，你們就看我的吧！」

趁白貓和黑貓在廚房中吃東西的時候，大老鼠小心翼翼地從洞中爬出來。他悄悄爬到客廳中的金魚缸上邊，一口咬住了一條正在水面上玩耍的金魚。大老鼠把吃掉了頭的金魚丟在地上，急忙溜進了洞。

主人見自己特別喜歡的名貴金魚死了，十分痛心。他把白貓和黑貓狠狠訓了一頓，怪他們嘴饞，偷吃了金魚。白貓感到很委屈，他想：我根本沒有偷吃金魚，一定是黑貓做的好事！黑貓也感到很委屈，他想：我根本沒有偷吃金魚，一定是白貓做的好事！白貓和黑貓互相猜疑，互相指責，大吵大鬧。

白貓和黑貓矛盾越來越深，沒有心思捕捉老鼠。老鼠見兩隻貓打起了內戰，高興得手舞足蹈，紛紛爬出洞來偷吃糧食。

一天，狡猾的大老鼠又爬出洞來偷吃糧食，被潛伏在那裏的白貓和黑貓兩面夾擊，抓住了。

大老鼠疑惑地說：「你們的矛盾很深，怎麼和好了呢？」

黑貓說：「我和白貓只是猜疑和誤會，沒有什麼大矛盾。我們冷靜分析後，斷定金魚是老鼠偷吃的。」

故事啟示

猜疑和誤會不利於團結，會給別有用心者可趁之機。如果朋友精誠團結，坦誠相待，別人即使挑撥離間，陰謀也難以得逞。

18 錦雞搬家

美麗的大森林裏有一條潺潺流淌的小溪，錦雞的家就在小溪旁邊。錦雞頭頂金黃色羽冠，身上的羽毛五顏六色，十分豔麗。

錦雞見到別的鳥兒，總要翹起長長的尾羽，得意揚揚地說：

「你看看，我的羽毛多麼美麗！」

孔雀見小溪旁環境優美，就把家搬到了錦雞的家附近。孔雀在小溪邊安家落戶後，去他家玩的鳥兒越來越多。孔雀打開五彩繽紛的彩屏，熱情地為大家表演孔雀舞。

錦雞見大家都在讚揚孔雀，自己不再引人注目，既嫉妒又難受。錦雞想：有這樣的鄰居真是倒楣，還是趕快搬家！

錦雞離開原來居住的地方，把家搬到了大樹下，和一隻羽毛很普通的鳥兒做鄰居。錦雞想：我的羽毛比這隻鳥兒的羽毛漂亮多了，我在這裏居住，一定會吸引很多夥伴們。

錦雞剛剛安置好新家，在家門口高高翹起了尾羽。錦雞的鄰居站在家門口，昂首挺胸唱起了悠揚動聽的歌，吸引了許多鳥兒。錦雞一打聽才明白，原來鄰居是百靈鳥。錦雞見大家都喜歡聽百靈鳥的美妙歌聲，誰都不欣賞他，既嫉妒又難受。錦雞想：有這樣的鄰居真是倒楣，還是趕快搬家！

錦雞離開了居住的地方，把家搬到樹叢邊，和烏鴉做鄰居。錦雞想：烏鴉的羽毛漆黑一團十分難看，嗓子沙啞，叫聲難聽，我和烏鴉相比，我就顯得格外漂亮，格外引人注目呢！

錦雞剛剛安置好家，就見許多鳥兒正向樹叢邊飛過來。錦雞欣喜若狂，熱情招呼大家過去欣賞他的美麗羽毛。但是，鳥兒們並沒有去錦雞那裏，而是紛紛聚集在烏鴉家門口。原來，烏鴉不辭辛苦努力消滅害蟲，獲得了「除害標兵」獎章。大家都來向烏鴉祝賀，還要向他請教經驗呢！

錦雞見大家都喜歡勤勞能幹的烏鴉，既嫉妒又難受。錦雞想：和這樣的「除害標兵」做鄰居，誰還會來欣賞自己呢？還是趕快搬家吧！

錦雞這回把家搬到了一塊岩石旁邊，沒有鄰居，也沒有朋友。

孤獨的錦雞只能回頭看看自己的羽毛，寂寞地自我欣賞。

故事啟示

虛榮和嫉妒不利於和別人和睦團結，傷害最多的反而是自己，往往會使自己成為孤家寡人。要學會面對現實，要有一個平和的心態，正確看待別人和自己，知足常樂。

⑲ 河堤坍塌

天像發了瘋一樣，一連下了三天三夜傾盆大雨。山洪突然暴發，河水猛漲，河堤在洪水的衝擊下局部坍塌，險情不斷擴大。

白豬、驢子、水牛看到了坍塌險情，在一起討論如何搶險。

白豬說：「這次洪水來勢兇猛，在河堤坍塌處填土很快就會被沖走的。這樣搶險不行！」

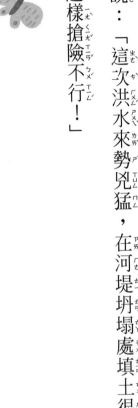

驢子說：「用大石塊放在河堤坍塌處可以防止險情擴大，不過大石塊遠在山裏，不能救眼前的急。這樣搶險也不行！」

水牛想了想，說：「我有一個簡單有效的搶險辦法。只要用木門擋在河堤坍塌的地方，然後在外面打上木樁固定。有木門護著坍塌的河堤，險情就不會擴大了。」

白豬和驢子聽水牛這麼一說，都說這個主意好。接著，他們就開始討論用誰家的木門去護堤擋洪水。

白豬說：「我家的木門剛做不久，還是嶄新的。把這麼新的木門拿去泡在洪水中，損壞是難免的。把辛辛苦苦做成的新木門損壞，別說我不忍心，你們也不忍心吧？」

驢子說：「我家的門是很陳舊的木門，不過這是我爺爺留下來的雕花木門。把這麼精美的雕花木門拿去泡在洪水中，肯定會被損壞。把祖上傳下來的珍貴木門損壞，別說我不忍心，你們也不忍心吧？」

水牛說：「我家的門不是新的，也不是祖上傳下來的，不過是用名貴的楠木做的。把名貴木料做成的木門拿去泡在洪水中，損壞了損失就大啦！把這樣名貴的木門損壞，別說我不忍心，你們也不忍心吧？」

白豬、驢子、水牛都不肯拿自己家的木門去搶險，他們一起去動員山羊，讓他把木門拿出去護堤搶險。

山羊說：「你們為什麼不用自己家的木門去護堤搶險，卻偏偏要我家的木門呢？你們當我是傻子，我才不幹呢！」

白豬、驢子、水牛又去動員黑馬、花狗和綿羊，他們的回答都和山羊一樣，都不願意拿自己家的木門去搶險。

不久，洪峰突然來臨，洪水像脫韁的野馬一樣沖垮坍塌的河堤，沖向美麗的村莊和田園。白豬、驢子、水牛在滔滔洪水中掙扎著，他們的房子已經被洪水沖垮，損壞了的木門全都浸在了洪水中。

故事啟示

沒有團結協作精神，不從大局出發，一心計較個人得失，往往會因小失大，既害自己又害別人。只有團結一致，齊心協力，才能戰勝嚴重的自然災害。

20 雲雀與野兔

一天，沙漠中的野兔和雲雀在沙丘旁相遇了。

野兔見雲雀在連聲歎息，關心地問道：「你可以在天空自由地飛翔，我覺得你生活得無憂無慮，難道你還有什麼不開心的事？」

雲雀搖著頭說：「在這一望無際的沙漠中，沒有樹木可以讓我築巢，露宿在外又怕被老鷹傷害。你白天在外覓食，晚上可以在自己挖的洞中藏身，我覺得你的生活才是無憂無慮，幸福快樂！」

野兔說：「不，你不知道，我們野兔的視力都不好，不能及時發現敵情，有幾次我險些被突然出現在面前的老鷹抓住。我提心吊膽過日子，我還能幸福快樂嗎？」

野兔和雲雀從此交上了朋友，白天，他們一起覓食，晚上，他們同住在一個洞穴中。一旦發現敵情，機靈的雲雀就發出報警的叫聲，野兔就及時躲藏到安全的地方。雲雀有了安全舒適的住處，也十分高興。

老鷹見野兔和雲雀交上朋友，形影不離，沒有了下手的機會，十分惱怒。

一天，老鷹對著躲藏在洞穴中的野兔和雲雀大聲說：「自古道：『豬狗不同巢，鳥獸不同穴。』你們常在一起違反了常理，大家都在說閒話呢！」

野兔對著洞口大聲地說：「只有心懷叵測者才希望我和雲雀分開，在這大沙漠裏，『鳥獸同穴』，相依為命有什麼不好?!」

老鷹見陰謀無法得逞，無可奈何地歎了口氣，飛走了。

故事啟示

野兔和雲雀共同生活，發揮各自特長對付敵人，這是動物的生存智慧。我們生活在這個世界上，就更應該懂得取長補短、團結協作。

㉑ 螞蟻逃生

秋風習習，原本綠色的草原已經一片枯黃。一群密密麻麻的螞蟻在忙碌地搬運食物，把它們貯藏在洞中。突然，草原燃燒起來，火苗藉著風的力量，迅速向四周擴展。草原上烈火熊熊，濃煙滾滾。

蜻蜓一邊飛一邊大聲對螞蟻們說：「大火來勢兇猛，趕快逃生，晚了就沒有命啦！」

螞蟻們見大火已經燒到面前，迅速聚集在一起，抱成一團。螞蟻團越來越大，很快成了一個螞蟻球。螞蟻球順著風在已經著火的草地上向水塘飛快地滾去。螞蟻球周邊的螞蟻被火燒得吱吱的響，然而螞蟻球卻越滾越快，終於滾到了水塘邊。到了安全的地方，螞蟻們散開了，在水塘邊休息。

正在水塘邊避難的蜻蜓對螞蟻說：「你們抱成一團逃生，在螞蟻球外面的螞蟻都被燒死了，很可憐啊！」

螞蟻王說：「在球外面的螞蟻燒死了很多，裏面的螞蟻卻絲毫沒有受到影響。如果我們不抱成一團，而是單獨逃生，那必定是全軍覆沒。在球周邊的螞蟻犧牲了自己，卻保護了大多數同胞的生命，他們不是可憐，是悲壯，精神十分可貴！」

蜻蜓感慨地說：「螞蟻的可貴之處在於懂得生活中應該團結協作，在危難時應該有自我犧牲精神！」

故事啟示

持久的團結經得起時間的考驗，真誠的團結經得起烈火的考驗。螞蟻團結協作，在危難時的自我犧牲精神讓人欽佩，讓人感動，發人深思。

㉒ 三兄弟航海

王大、王二、王三是兄弟，他們駕著帆船去航海。一天，船艙裏出現一個雞蛋大的洞，海水湧進船艙。

王大看了一眼湧進來的海水後，說：「能把漏洞堵住的最好東西是毛巾，用毛巾堵漏洞方便，效果好。」

王二大聲說：「還是用抹布堵塞好，價格比毛巾便宜，效果同樣好。」

王三推開兩位老兄，說：「用棉絮堵漏的效果比毛巾和抹布更好。」

三兄弟各持己見，大吵大鬧，誰也說不服誰。水淹過膝了，他們還在吵個不停；水淹到大腿上了，他們一起來到甲板上吵；船漸漸下沉了，他們三個爬在桅杆上還在爭吵，互相埋怨。

一艘大船正好從這裏經過，船老大把兄弟三人救上了船。三兄弟上船後，繼續為堵漏的事情爭吵不休。

船老大問明白事情經過後，對三兄弟說：「你們把寶貴的時間白白花費在毫無意義的爭吵上，失去了堵漏的機會，以致失去了船。如果我們的船不在這裏經過，恐怕你們的生命也保不住了啊！」

故事啟示

合作需要相互理解，密切配合。如果為一點小事爭吵不休，勢必會把事情辦糟，合作失敗。

㉓ 兩隻螳螂

綠色螳螂在樹枝上一邊尋找食物，一邊連聲歎息。

黃褐色螳螂見了，走過去說：「你一直在唉聲歎氣，今天有什麼不順心的事情嗎？」

綠色螳螂說：「我的肚子早就餓得咕咕叫了，如今的蟬越來越警覺，剛接近，他就飛走了。更加煩惱的是我捕蟬的時候，黃雀一直在後面盯著。我擔心黃雀會發起突然襲擊，還能夠全力以赴去捕蟬嗎？沒法捕捉到食物，你說我能夠高興得起來嗎？」

黃褐色螳螂說：「我的情況和你講的一樣，我捕蟬的時候黃雀也老是在後面盯著，嚇得我心怦怦直跳。我的肚子也早餓了啊！」

綠色螳螂想了一想，說：「我們團結合作，就可以解決既要顧前又要顧後的問題。我在前面集中精力捕蟬，你在我後面觀察是否有黃雀跟著。我捕捉到蟬後就和你分享食用，你看如何？」

綠色螳螂見黃褐色螳螂同意了自己的意見，就悄悄向一隻正在不停鳴叫的蟬走過去。黃褐色螳螂的尾巴對著綠色螳螂的尾巴，一邊觀察周圍是否有黃雀，一邊慢慢向後退。綠色螳螂沒有了後顧之憂，很順利地將蟬捕獲。

兩隻螳螂十分高興，在一起津津有味地分享美食。

故事啟示

合作，不僅是力量的聯合，而且還是智慧的組合。有合作，就有力量和智慧，就有成功的保證。

㉔ 小象的長鼻子

小象看見自己的鼻子越長越長了，十分高興。他常在小夥伴們面前晃動著鼻子自誇一番，說他的鼻子是獨一無二的，比誰都厲害。

一天，小象和小牛、小馬在一處玩。

小象用鼻子吸了水，一邊向夥伴們的身上噴去，一邊喊道：

「下雨啦！下雨啦！」

小牛、小馬的衣服被淋濕了，十分生氣地說：「讓人討厭的長鼻子，快滾到一邊去！」

小象回到家裏，對象媽媽說：「為什麼大家都討厭我的長鼻子，是不是因為他們沒有長鼻子嫉妒我？」

象媽媽說：「我也有一個長鼻子，為什麼大家不討厭，還十分喜歡呢？」

象媽媽見小象回答不出來，又說：「你用長鼻子去戲弄夥伴，他們怎麼會不討厭呢？我常用長鼻子幫助別人，大家當然喜歡。」

小象聽了媽媽的話，不再用鼻子去欺侮小夥伴。他學著媽媽的樣，常用鼻子吸了水幫助小牛澆菜園子的菜，幫助小馬沖洗乾淨門窗。

一天，山羊家失火，濃煙滾滾，火苗「嗶嗶剝剝」直向上躥。小象聽見山羊的喊聲，急忙衝過去，在河裏吸了水從著火房子的窗口向裏噴水滅火。小象一次次地吸水，一次次地噴水，忙得滿頭是汗，鼻子被煙火熏得黑不溜秋。

等到大夥趕來，火已熄滅了。大家都誇小象是好樣的，誇他的鼻子了不起。

小牛、小馬十分佩服小象，他們成了好朋友，常在一起玩。

故事啟示

有一句諺語說：「贈人玫瑰，手有餘香。」就是說，你幫助了別人，自己從中也會得到快樂。大家都喜歡與樂於助人的人共事、合作。

㉕ 灰熊的疑問

美麗的森林王國中，有一條潺潺流淌的小溪。清澈的小溪邊鮮花盛開，風景秀麗。金絲猴和灰熊各自選好了自己的建房地點，然後開始建造新房。

金絲猴忙碌地搬運木料，累得氣喘吁吁。灰熊搬運大木料，卻毫不費力。灰熊想，自己有強壯的身體和使不完的力氣，新房一定比瘦弱無力的金絲猴先建好。

大象、猩猩、狗熊聽說金絲猴在建造新房，急忙前去幫忙。

大象幫助搬運木料、石塊和別的建築材料，猩猩和狗熊幫助建造新房。他們分工協作，忙碌了三天，一幢既牢固又漂亮的新房終於建造好了。金絲猴非常感謝大象、猩猩、狗熊的無私幫助。

大象說：「不用謝，朋友之間互相幫助是應該的。」

大家開心地聊了一會，大象、猩猩、狗熊都說自己家裏還有事情要做，告別了金絲猴，就急忙往家裏趕。

灰熊把狗熊叫住，說：「我們都是熊，好歹沾親帶故，所以有個疑問要問你。你們既然能夠幫助金絲猴把新房建造好了，為什麼不能也幫助我把新房建好呢？」

狗熊對灰熊說：「金絲猴一直樂於助人，見誰有困難就盡心盡力地去幫助。前些時候，大象、猩猩家建造新房，金絲猴正忙著採摘桃子，但他還是擠出了時間前去幫忙。我建造房子的時候，金絲猴身體不好，但他還是盡力幫忙不休息，讓我十分感動！金絲猴建造房子，我們幫助他理所當然啊！」

灰熊拍著胸脯，說：「金絲猴身體瘦弱，力氣很小，他能夠做得了什麼事？我身體壯實，力大無窮，什麼事都能夠做。」

狗熊說：「不錯，你的力氣確實比金絲猴大很多。但是，我們建造房子的時候，你別說幫忙了，走過時為什麼連看都不看一眼呢？」

灰熊有些尷尬，支支吾吾地說：「因為那時我忙，沒有時間。」

狗熊說：「忙不是不幫助別人的理由，誰沒有事情，誰不忙？你應該認真反思，為什麼大家樂於幫助金絲猴，卻不幫助你？」

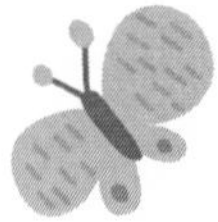

灰熊看了一眼金絲猴的漂亮新房，又看了一眼自己建了不到一半的房子，急得直跺腳。他自言自語道：「誰也不關心我，我真不幸啊！」

故事啟示

不應該需要別人幫忙的時候請人合作，別人需要你幫忙的時候卻不聞不問。肯付出愛的人才能得到愛，關愛他人才能夠也被他人關愛。

26 滅火鳥的體會

在中美洲的一個森林裏，鳥兒們正在嘰嘰喳喳地評選「明星鳥」。

幾隻羽毛漂亮的鳥說：「我們的羽毛這麼漂亮，為森林增添光彩，我們是理所當然的明星鳥啦。」

幾隻唱歌很好聽的鳥說：「我們的美妙歌聲為森林帶來勃勃生機，我們才配評明星鳥。」

一群渾身烏黑、脖頸很細、肚子膨大的怪鳥站在一旁看熱鬧。鳥兒們見了，笑著說：「你們相貌醜陋，又沒有好嗓子，明星鳥的稱號輪不到你們，評你們醜明星還差不多！」

突然，地上的茅草著火了，火越燒越旺，眼看一場森林大火就要發生。鳥兒們驚叫著，在空中飛來轉去。

那群怪鳥們見了火光，立刻撲上去，不停地將肚子裏的滅火液體從嘴裏噴出來。經過一場苦戰，火焰終於被撲滅了。眾鳥這才知道，這群怪鳥原來就是滅火鳥，他們養成了見火就滅的習慣，世代相傳。滅火鳥見到遊客吸煙，也會衝上去把火噴滅。

鳥兒們十分敬佩滅火鳥，大家一致評他們為明星鳥。

滅火鳥說：「我們滅火並不是想當什麼明星鳥。保護森林，本來就是我們應盡的義務。我們各自的滅火液體十分有限，之所以能夠滅火，靠的是全體合作的力量！」

故事啟示

不管做什麼事，單槍匹馬總是力量有限的，很難取得大成功。要取得大成功，合作是智慧的抉擇。

27 採藥老人

兩個不相識的採藥人偶然在深山裏相遇，他們坐在一起，一邊休息，一邊聊天。年輕採藥人拿出一根剛挖到的人參給採藥老人看，問他可以賣多少錢。

採藥老人接過人參，細細端詳了一會，說：「我在深山裏採了一輩子藥，人參挖了許多，像這樣好的百年老參從來沒有挖到過。你的運氣真好，可以賣很多錢，我真羨慕你啊！」

年輕採藥人聽見採藥老人這麼一說，十分高興，拿出一塊手絹把人參小心翼翼地包起來。採藥老人突然舉起隨身攜帶的木棍，向年輕採藥人那邊猛打下去。

年輕採藥人見採藥老人的木棍向自己打來，急忙把身體向旁邊一閃，一拳把採藥老人打倒在地。

年輕採藥人生氣地說：「沒有想到你竟然要謀財害命，奪取我的百年人參，讓你嘗嘗我拳頭的厲害！」

倒在地上的採藥老人捂著胸口，說：「你誤會了，我怎麼會謀財害命奪取你的百年人參呢？」

年輕採藥人氣憤地說：「那你為什麼用木棍向我猛打?!」

採藥老人指著年輕採藥人身邊一條被打死的眼鏡蛇，說：「剛才，你在用手絹包人參時，我發現一條眼鏡蛇正豎起身體，準備咬你的頸部。我見情況危急，來不及叫你閃開，就一棍子向眼鏡蛇打了過去。」

年輕採藥人看了一眼身邊被打死的眼鏡蛇，急忙扶起採藥老人。年輕採藥人又是慚愧又是感激，眼淚奪眶而出。他跪在採藥老人面前，久久不肯起來。

故事啟示

猜疑心重的人，很難與人真誠合作，也不會有推心置腹的好友。無端猜疑是阻礙與人溝通的頑石！

28 抬西瓜

狐狸和猩猩、狗熊在一起逛街，他們見水牛賣的西瓜不錯，就走過去各自買了一個大西瓜。

水牛說：「你們把大西瓜抱回家太累，我送你們一個硬板紙箱，把西瓜都放在裏面，抬著回家就方便多了。」

狐狸、猩猩和狗熊聽了水牛的話，把三個大西瓜放在硬板紙箱裏。狐狸和猩猩在左右兩邊，狗熊在後面，用手抬著硬板紙箱就走。剛開始的時候，他們並不覺得累，走了一會，都累得滿頭大汗，氣喘吁吁。

狐狸想，自己力氣比猩猩和狗熊小，照顧弱小天經地義，他們應該多出些力。於是，狐狸用的力氣越來越少了。

猩猩想，自己近來身體不太好，照顧病人理所當然，他們應該多出些力。猩猩用的力氣也越來越少了。

狗熊想，狐狸和猩猩的西瓜都比自己的西瓜大，他們應該多出些力。狗熊用的力氣也越來越少了。

狐狸、猩猩和狗熊大家都不出力，但是表面上還裝出很用力的樣子。他們經過一座高高的石拱橋時，「啪」的一聲，硬板紙箱重重地摔在了橋上。三個大西瓜滾出硬板紙箱，在橋的臺階上摔得稀爛。

狐狸、猩猩和狗熊看著摔爛了的西瓜，十分心痛。他們互相埋怨，互相指責，大吵大鬧起來。

故事啟示

合作成功，切莫爭名奪利，居功自傲；合作失敗，切莫推卸責任，互相指責。

29 古橋上的石板

一座石拱橋橫跨在河面上，古樸而又美麗。近年來這裏成了旅遊景點，遊人喜歡在這裏攝影留念。

一天，鋪在石拱橋橋面上的一塊石板歎了一口氣，說：「我們鋪在橋面上的石板最倒楣，幾百年來不知道被人們踩踏了多少次，還要遭受日曬雨淋。」

拱形橋洞上的一塊彎弧形的石板不服氣地說：「我們組成拱形的弧形石板最辛苦，幾百年來一直彎著腰，承受著沉重的壓力。如果沒有我們撐著，你們橋面上的石板能夠安安穩穩地在上面待著嗎？」

橋面石板和弧形石板都說自己辛苦，對大橋的貢獻大，誰也不服誰。他們請岸邊的大樹評論，要他說究竟誰辛苦，誰的貢獻大！

大樹看了一眼橋面石板和弧形石板，說：「你們都是大橋的重要組成部分，都很不容易。不過，我最佩服的是那些在大橋最下面的石板，他們埋在河中的泥土裏幾百年，默默承載著大橋的重量，無怨無悔。如果沒有他們這些默默奉獻的大橋基石，你們本領再大又有什麼用呢？」

橋面石板和弧形石板聽了大樹的話，十分慚愧，不再說話了。

故事啟示

要合作就不能患得患失、斤斤計較。凡是經過考驗的朋友，就應該把他們緊緊地團結在你的周圍。

30 漂亮的小木屋

小溪邊有兩幢漂亮的小木屋，分別住著狗熊和小鹿。

一天傍晚，狗熊看見小鹿家小木屋的窗戶冒出許多煙，急忙提了一大桶水向裏面潑去。

被淋得像落湯雞一樣的小鹿探出頭來，怒氣沖沖地說：「你莫名其妙！你幹嘛向我屋子裏潑水?!」

狗熊生氣地說：「你家中失火，我好心潑水滅火，你竟然還責罵我，你才莫名其妙呢！」

小鹿火暴暴地說：「誰說我家中失火了？屋裏蚊子多，叮得我睡不著覺，我燒曬乾的熏蚊草熏蚊子，把牠們趕出去。你居然把熏蚊子當成失火，真是笑話！以後我的事不用你管！」

狗熊出於好心幫忙滅火，沒有想到遭到小鹿一頓罵，氣呼呼地回到家中。狗熊翻來覆去睡不著，天剛亮就走出家門，想出去旅遊散散心。他突然發現小鹿小木屋的窗戶中又冒出許多濃煙，覺得有些不對勁，想去看個究竟。但是他又想起了昨晚的事，於是頭也不回地走了。

晚上狗熊旅遊回來，發現小鹿的小木屋和自己的小木屋竟然都被燒毀了，十分傷心。

小鹿一邊擦著眼淚，一邊對狗熊說：「我沒有及時發現失火，大火燒到我床邊才驚醒。熊熊大火越燒越旺，風一吹，把你的小木屋也燒毀了！」

狗熊懊悔地說：「早晨我出門時就發現你小木屋的窗戶中冒出濃煙，我如果馬上察看一下就好了。」

小鹿和狗熊你看看我，我看看你，十分後悔。

金絲猴知道了小鹿和狗熊的事，對他們說：「如果你們能夠多一點理解、寬容和關心，漂亮的小木屋也就不會被燒毀了啊！」

故事啟示

有時候，別人幫助你的時候也難免會出現一些問題或失誤，被幫助者應當給予理解和寬容。喜歡挑剔的人，很難相處和合作。

兒童・寓言06　PG1309

小學生寓言故事

——合作分享

作者／錢欣葆
責任編輯／林千惠
圖文排版／周好靜
封面設計／楊廣榕
出版策劃／秀威少年
製作發行／秀威資訊科技股份有限公司
114 台北市內湖區瑞光路76巷65號1樓
電話：+886-2-2796-3638
傳真：+886-2-2796-1377
服務信箱：service@showwe.com.tw
http://www.showwe.com.tw

郵政劃撥／19563868
戶名：秀威資訊科技股份有限公司
展售門市／國家書店【松江門市】
104 台北市中山區松江路209號1樓
電話：+886-2-2518-0207
傳真：+886-2-2518-0778

網路訂購／秀威網路書店：http://www.bodbooks.com.tw
國家網路書店：http://www.govbooks.com.tw
法律顧問／毛國樑　律師

總經銷／聯寶國際文化事業有限公司
221新北市汐止區康寧街169巷27號8樓
電話：+886-2-2695-4083
傳真：+886-2-2695-4087

出版日期／2015年12月　BOD一版　**定價**／200元
ISBN／978-986-5731-38-0

秀威少年
SHOWWE YOUNG

國家圖書館出版品預行編目

小學生寓言故事 : 合作分享 / 錢欣葆著. -- 一版. -- 臺北市 : 秀威少年, 2015.12
面； 公分
ISBN 978-986-5731-38-0(平裝)

859.6 104014435

讀者回函卡

感謝您購買本書，為提升服務品質，請填妥以下資料，將讀者回函卡直接寄回或傳真本公司，收到您的寶貴意見後，我們會收藏記錄及檢討，謝謝！如您需要了解本公司最新出版書目、購書優惠或企劃活動，歡迎您上網查詢或下載相關資料：http:// www.showwe.com.tw

您購買的書名：________________________________

出生日期：________年________月________日

學歷：□高中（含）以下　□大專　□研究所（含）以上

職業：□製造業　□金融業　□資訊業　□軍警　□傳播業　□自由業

□服務業　□公務員　□教職　□學生　□家管　□其它______

購書地點：□網路書店　□實體書店　□書展　□郵購　□贈閱　□其他

您從何得知本書的消息？

□網路書店　□實體書店　□網路搜尋　□電子報　□書訊　□雜誌

□傳播媒體　□親友推薦　□網站推薦　□部落格　□其他__________

您對本書的評價：（請填代號　1.非常滿意　2.滿意　3.尚可　4.再改進）

封面設計____　版面編排____　內容____　文／譯筆____　價格____

讀完書後您覺得：

□很有收穫　□有收穫　□收穫不多　□沒收穫

對我們的建議：________________________________

____

____

____

請貼
郵票

11466
台北市內湖區瑞光路 76 巷 65 號 1 樓
秀威資訊科技股份有限公司 收
BOD 數位出版事業部

（請沿線對折寄回，謝謝！）

姓　　名：＿＿＿＿＿＿＿＿　年齡：＿＿＿＿　性別：□女　□男

郵遞區號：□□□□□

地　　址：＿＿＿＿＿＿＿＿＿＿＿＿＿＿＿＿

聯絡電話：(日) ＿＿＿＿＿＿＿＿ (夜) ＿＿＿＿＿＿＿＿

E-mail：＿＿＿＿＿＿＿＿＿＿＿＿＿＿＿＿